18e
19e
10e
2e
3e
11e
20e
4e
5e
12e
13e

À Marina et Olivier, à tous nos moments partagés.
À l'amitié !

OL

À vous, maman et papa,
qui garderez toujours Paris dans votre cœur.

ET

Le loup
qui explorait Paris

Texte de Orianne Lallemand
Illustrations de Éléonore Thuillier

AUZOU

Il était une fois un loup qui n'aimait pas la ville.
La circulation, les magasins… cela l'incommodait au plus haut point.
Il s'appelait Loup.

Un jour, sa Louve chérie lui dit :
« Je rêve de visiter Paris ! Veux-tu y aller quelques jours avec moi ?
– Pff ! Pourquoi partir si loin ? répondit Loup. Dans la forêt, on est si bien ! »

Le lendemain, Loup trouva une lettre dans sa boîte.

Cher Loup,
Si tu veux me revoir, retrouve-moi au Cœur de Paris.
Sinon tant pis !

Signé : Louve
P.-S. : Les copains sont bienvenus !

Très embêté, Loup réunit ses amis.
« Tu l'as vexée ! s'énerva Demoiselle Yéti. Quel goujat tu fais !
– Il faut partir immédiatement ! s'écria Loup-Blanc.
– Je m'occupe du camion, décida Valentin.
Les autres, préparez le pique-nique et les bonbons ! »

Tandis qu'ils étaient coincés dans les embouteillages, Loup relut la lettre.

« Le cœur de Paris, je me demande où cela peut être ?

– Le cœur historique de Paris, c'est l'île de la Cité, répondit Maître Hibou. Et plus exactement…

– Notre-Dame de Paris ! devina Gros-Louis.
– C'est parti la compagnie ! » cria Valentin.

Il actionna la touche propulsion et **VZZZ !**
le camion fit un bond par-dessus les bouchons.

Une fois garés, les loups continuèrent à pied jusqu'à l'île de la Cité. Ce qu'ils y découvrirent les laissa catastrophés.

« Mais qu'est-il arrivé à Notre-Dame ? murmura Maître Hibou.
– Il y a eu un terrible incendie, répondit un policier, l'accès à la cathédrale est interdit.
– Cela veut dire que Louve ne nous attend pas ici, dit Loup.
– Je le savais ! s'exclama Titi. Pour moi, le cœur de Paris, c'est la tour Eiffel, les amis ! Et si on y allait en bateau-mouche ? »

POLICE

Enchantés de l'aubaine, les amis embarquèrent sur la Seine. Ils purent admirer le musée du Louvre, les Invalides, le musée d'Orsay, le Grand Palais…
« Comme c'est beau, répétait Loup-Blanc, ébloui.
– Et tu n'as rien vu encore, fit Maître Hibou. Dans ces musées, il y a mille et un trésors !

– Tour Eiffel en vue ! cria alors Valentin.
– C'est mon monument préféré, dit Titi, émerveillée. J'ai toujours rêvé de l'escalader. Louve est là-haut, vous verrez ! »

Au pied de la tour Eiffel, la queue de touristes était interminable.
« On n'y arrivera jamais, gémit Loup.
– C'est compter sans moi, mon p'tit gars ! » sourit Titi.
Et ni une ni deux, elle chargea Loup sur son dos et s'élança à la conquête de la Dame de fer.

Au sommet, la vue était époustouflante de beauté. Loup sentit son cœur se serrer.

« J'aurais tellement aimé partager cela avec Louve, murmura-t-il, mais j'ai refusé de l'emmener. Et maintenant, qui sait où elle est ? Pas ici en tout cas, nous avons tout fouillé… »

La tête basse, Loup et Demoiselle Yéti retrouvèrent le reste de la troupe.

« Si vous voulez retrouver Louve, arrêtez de vous lamenter et suivez-moi ! les secoua Alfred. Le cœur de Paris, moi, je sais où c'est ! »

Alfred partit au pas de course, suivi par Loup, Valentin, Joshua, Loup-Blanc, Gros-Louis, Maître Hibou et Demoiselle Yéti. À bout de souffle, les amis abandonnèrent les uns après les autres. Seul Loup tenait bon. « On se retrouve aux Catacombes ! » leur cria Alfred.

Une fois sur place, Alfred expliqua :
« Les Catacombes sont d'anciennes carrières.
Il est là, le cœur de Paris, sous terre !
– Mais pourquoi veux-tu que Louve soit là-dedans ?
s'étonna Loup.
– Parce que c'est une aventurière ! » répliqua Alfred.

Les deux compères descendirent des dizaines de marches.
Ils empruntèrent un tunnel, puis deux, puis trois…
Soudain les dents de Loup se mirent à jouer des castagnettes :
les murs de la galerie étaient couverts d'os de squelettes !

Les loups marchaient depuis une éternité quand une voix glaçante perça l'obscurité.
« Bienvenue dans l'Empire de la Mort… hé… hé… hé… !
– Au secours ! Un revenant ! hurla Loup en paniquant.
– Hé, tranquille les gars, c'était une blague, rigola la voix.
Je m'appelle Gilles.
– Un crocro… un crocrodile ! hurla Alfred à son tour.

– Vous ne craignez rien, je suis végétarien, les rassura le reptile. Dites-moi plutôt ce que vous faites ici.
– Nous cherchons notre amie Louve, expliqua Alfred.
– Il n'y a pas la moindre Louve dans les galeries, parole de crocodile ! »

Guidés par Gilles, les loups retrouvèrent rapidement la lumière du soleil.

« Alors ? cria Loup-Blanc en les apercevant. Avez-vous retrouvé Louve ?

– Hélas non, soupira Loup.

– Pendant que vous étiez là-dessous, j'ai eu une idée, dit Joshua.

Et si Louve voulait parler du chœur de Paris, "chœur" avec un "h". Les chanteurs, quoi ! Et où trouve-t-on les plus beaux chœurs ?

– À l'Opéra ! Joshua, tu es futé ! applaudit Maître Hibou. Direction le palais Garnier ! »

Des chants mélodieux s'échappaient des fenêtres de l'Opéra. Guidés par les voix, Loup et Joshua gravirent un escalier majestueux et débouchèrent dans une salle digne du plus beau des palais. Sur la scène, une silhouette encapuchonnée les observait.
« Louve ! hurla Loup, fou de joie. C'est moi, je suis là ! »
À ces mots, **pff !** la silhouette s'évapora.

« Vous avez rencontré le fantôme de l'Opéra ! s'émerveilla Maître Hibou. On raconte que…

– Je me moque de ce qu'on raconte ! explosa Loup. Je veux retrouver Louve, c'est tout ! »

Loup s'assit sur un banc pour réfléchir. Autour de lui, ses amis se disputaient.
« Si vous voulez mon avis, dit Valentin, le cœur de Paris, c'est les Champs-Élysées. Ne dit-on pas que c'est la plus belle avenue du monde ? Le centre de la mode, du luxe !

– Nous ne sommes pas là pour faire les magasins, le rabroua Joshua. Mais pour trouver Louve !
– Et si le cœur de Paris, c'était le Louvre, finalement ? marmonna Maître Hibou. C'est l'un des plus grands musées, un sacré beau musée, au cœur de Paris... »

« Qu'avez-vous dit, Maître Hibou ? sursauta Loup. Un sacré beau musée ? Cela me fait penser au sacré… au cœur sacré…
– À la basilique du Sacré-Cœur ! s'exclama Maître Hibou. Bravo Loup ! Comment n'y ai-je pas pensé plus tôt ? En route, et cette fois, on prend le métro ! »

La journée se terminait quand les amis arrivèrent à Montmartre. Épuisés, affamés, ils gravirent les marches qui menaient au Sacré-Cœur. Hélas, cette fois encore, Loup eut beau chercher, il ne trouva nulle part sa Louve adorée.

Complètement découragé,
Loup regarda Paris qui s'étendait sous ses yeux. À cet instant, son regard fut attiré par l'enseigne d'un restaurant. Il plissa les yeux et lut : *Le cœur de Paris*. Et savez-vous qui était attablée en terrasse, dégustant tranquillement un chocolat chaud ?

« LOUVE ! hurla Loup en dévalant la pente, aussitôt suivi par tous ses amis.
– Eh bien, tu en as mis du temps ! l'accueillit Louve en souriant. Salut les amis !
– Ne nous fais plus jamais ça ! » gronda Demoiselle Yéti.

Louve prit un air contrit.
« Ne te fâche pas Titi. Grâce à moi, vous avez visité Paris !
Est-ce que vous avez aimé ?
– Beaucoup ! fit Maître Hibou.
– C'est joli, pour une ville… reconnut Loup.
– Et ce n'est pas terminé, dit Louve en lui faisant les yeux doux.
Je vous ai préparé une surprise : ce soir, c'est dîner-cabaret ! »

Directeur éditorial : Damien Hervé
Éditrice : Jeanne Digne-Matz
Responsable studio graphique : Sabrina Regoui
Maquette : Margaux Khalil
Gravure : Stéphane Cavazzini
Fabrication : Jenny Vallée
Relecture : Lise Cornacchia

Loi n° 49-956 du 16 juillet 1949 sur les publications
destinées à la jeunesse, modifiée par la loi n° 2011-525 du 17 mai 2011.
Dépôt légal : mars 2020.
Produit conçu et fabriqué sous système de management de la qualité certifié AFAQ ISO 9001.

auzou.fr

Rejoignez-nous sur Facebook et suivez l'actualité des éditions Auzou.
www.facebook.com/auzoujeunesse

Mes p'tits albums de Loup

Mes grands albums de Loup

LOUP
17e
8e
16e
7e
15e